U0053292

雞啼吉‧漫‧先大

林　煥　彰

詩　畫　集

推薦序
我們寫詩是折磨自己，愉悅別人
──林煥彰詩畫集《先雞・漫啼・大吉》序

卡夫（新加坡詩人、詩評家）

寫詩，折磨自己；
但要能給別人愉悅和智慧。

（2012.12.15晚・研究苑）

這是煥彰老師（1939-）在《寫詩折磨自己──林煥彰的異類詩觀・詩論》（台北：秀威資訊科技股份有限公司，2013.6.頁11）中提出的詩論。他在書中的自序如此說，「就因為寫詩需要琢磨自己，力求精進，我就不怕折磨自己了。」（同上書，頁4）

我認為煥彰老師這種詩觀，很接近古人所說的「苦吟」。苦吟是寫詩其中的一種方法，最著名的例子就是唐賈島（779-843）的「推敲」之說，這也正合了他所作的解釋，所謂折磨其實是琢磨，一字一句都不能馬虎，「推敲，推敲，再推敲」，「詩意、詩味的

營造，要再三默念、玩味、修改、潤飾⋯⋯」（同上書，頁32）

　　如果只從方法論來看煥彰老師的詩論，也許你會覺得了無新意，因為古人對「苦吟」不但有十分完整的論述，而且歷代苦吟詩人比比皆是。其實，煥彰老師的詩論還有後半句，這是古人沒有論及的，也是最重要的，我們也可以由此看出為什麼煥彰老師要不停寫詩、出詩集、為詩的下一代鞠躬盡瘁的真正原因。

　　寫詩⋯⋯要能給別人愉悅和智慧

　　這就是他寫詩的目的，所以他不怕「琢磨」的折磨。

　　這本你正在悅讀的詩畫集《先雞・漫啼・大吉》可以證明煥彰老師所提出的這種觀點。詩集共分四卷，【卷一　小詩】收34首六行或少過六行的小詩，是詩集的重點。在2003年他開始推動六行小詩的創作（同上書，頁115），成績有目共睹。小詩篇幅小，它對語言的精簡、精準、象徵、暗示等等要求，是相對的計較。至於形式上的要求，也同樣應該列為詩人展現藝術成就所必須用心的要項。（同上書，頁120）從寫作技巧的角度來看，要把六行小詩寫好確實是很「折磨」人的一件事。即使能把它寫出來，礙於六行形式的限制，要如何讓它在呈現時多變化，也是另一個很「折磨」人的問題。

　　「6」、「3-2-1」、「1-2-2-1」、「3-3」、「1-3-2」、「2-2-2」、「2-4」、「2-3-1」、「3-1-2」、「1-4-1」」，這是收入

【卷一】裡六行小詩十種的排列組合。從段落上分，又可以分成一段式、二段式、三段式和四段式。煥彰老師用心良苦，給我們做了很多很好的示範，告訴我們六行小詩可以是這樣寫的，它不呆板，形式是靈活的、多元的、多采多姿，寫時要打破規矩僵硬的固定形式。（同上書，頁122）

〈在路上.1〉

縱使我孤單一個人，在路上
我也不孤單

有風有雨，有陽光
有日夜

有我和我的影子和他們，
各自在心裡，溫暖著。

（2016.05.26/19:32在捷運公館站）

〈在路上.2〉

縱使我孤單一個人，我也不是
一個人

在路上，有很多你我他

我們都向前走，一點也不孤單

有花草樹木有鳥蟲魚蝦，我們都有
各自的朋友，在彼此心中

（2016.05.26/20:12捷運市府站）

　　相同的題目重複詩寫，是【卷一】六行小詩的另一個特點。隨著時間的逝去和空間的轉移，即使是「在路上」，煥彰老師也可以有不同的感受，他坐捷運時，詩思一刻也沒有停止活動，如此折磨自己，琢磨詩句，不過是為了要「愉悅別人」。除此之外，寫詩也要能給人智慧，收入【卷一】的最後一首詩〈人〉就是一個最好的例子。

　　〈人〉
　　再怎麼累，也得把兩隻腳站穩
　　我是我自己的主人

　　我，不必聽誰指揮；該走出去的時候，

就大步邁開，如果我能把雙手平伸

你知道吧！我就不再渺小。

（2016.10.03/19:09回家的社巴上）

　　煥彰老師說，詩越寫越短，畫也越畫越簡單。（同上書，詩人
介紹）他從2012年起畫生肖畫，蛇年開始畫蛇，欲罷不能，每一年
都出版該年的生肖詩畫集；他準備要出齊十二種。他的畫雖簡單，
卻具個人風格，與他的詩一樣，自然、多變、生動與有趣，讓人有
深遠的思考空間。

　　這本詩集中收入【卷二　非詩】、【卷三　亦詩】和【卷四
懷念的】的詩就不「短」了，煥彰老師的長詩不會遜色於他的
六行小詩，尤其【卷四】以他的老師紀弦、周公夢蝶以至大姊等

入詩，不但準確突出人物性格與外貌的特點，而且感情真摯，令人感動。

當我還在求學時，就讀了不少煥彰老師編選的童詩集，後來也陸續讀了不少他的詩選和詩論。他大概不會想到在遙遠另一方的孤島，竟然會有一個人在年輕時就與他的詩為伍。我更加沒有想到，在即將步入老年的今天可以與他相見，他確實是從詩裡走了出來。

我必須感謝蕭蕭兄，若不是他的安排，我不會與煥彰老師有此機緣相識。我十分感恩他們兩人對我的厚愛與幫助。我更要感謝煥彰老師讓我這個晚輩給他這本詩集寫序，讓我對他的詩與詩論可以有更進一步的認識與瞭解。

祝福煥彰老師，期待您完成十二生肖詩畫集。

2016.11.10寫於孤島

推薦序
大步邁開，雙手平伸，就不再渺小

陳燕玲（臺灣年輕詩學者）

真快！認識煥彰先生已過八個年頭了。

那時初入學術領域，憑著自己的一股傻勁和直覺，便讀起詩來。說來也妙，煥彰先生倒也喜歡聽聽我那沒什麼學理的讀詩心得，也許這樣正好可以聽到一般讀者的感想吧！不過也因此，我又有別於一般讀者能享有更多的優先權，對於先生剛出爐的新作，常有先睹為快的機會。

說起認識煥彰先生之初，印象最特別的，是當時他正在香港大學擔任駐校作家，為了任務需要，開始在宿舍裡學起電腦、敲起鍵盤來，而那時，他正值七十歲之齡。我沒忘記當時的訝異，那讓我見識到的，並不是因為工作的精進必要，而是一種生命態度，一種不斷要超越自我的生命態度。果然，目移到先生的寫作生涯上，一再可見這種不願停留、自我定格的創作精神。

寫詩已超過半個世紀，從成人詩寫到兒童詩，題材早已無所不包，卻又能在一園錦花中創寫出一屋子的貓詩，享有「貓詩人」的

雅號；從詩人跨界到畫家，提倡玩詩，也撕貼拼繪出畫展來；擅作短詩，近十年來也在華人圈中力推小詩，前些時卻又以散文詩的形式記寫了妻子的離世之情；詩與畫的結合也沒休止在八年前的《貓畫・話貓》詩畫展，繼前年開始將生肖畫與詩作結合的詩畫集《羊年・吉祥・祝福》、《千猴・沒大・沒小》之後，今年的《先雞・漫啼・大吉》也如期要出版了……。這就是林煥彰，一個不曾停下手上的筆、不願被歲月扯住步伐的詩人。

這集《先雞・漫啼・大吉》總共收錄了五十首詩，主要仍以煥彰先生擅長的短詩為主，但近年來，他常自行「同題共構」出自成一格的組詩。譬如在這集裡的〈行走札記〉三首，皆在記遊九份；曾經在那裏擁有一棟老屋「半半樓」的詩人，自有異於一般遊客的觀光行踏。〈行走札記.1〉啟程於「今天，我在九份；一份也沒有！」在語詞多義的誘發下，詩人於「九份」擁擠的人潮中，失落了自己曾經在那地方的「一份」舊愛；〈行走札記.2〉則記寫九份的美：「雨天，九份的美，在霧裡／也在霧外；霧散了，霧又瀰漫」、「我離開時，它已封城」，因為九份的特殊地形與氣候，因為一位熟知九份昔日不定時的住戶（工作室），讓我們有機會從霧外的特殊視角看見這座被霧圍封的山中小鎮；最後，〈行走札記.3〉結束於「放下不能放下，的，都放下」，在借景抒情的同時，也藉標點讀句展演更多語境的可能性，在心裡演繹過各種得失之後，詩人終究放下了那一份難捨的舊念，就讓「九份的美，一直

留在雨中」了。這組同題詩，可各作一首漫遊小詩來讀，但經過序
號的組構之後，瞬時套裝成一趟深度之旅了。

其他同題者，有〈在路上.1〉、〈在路上.2〉兩首，〈知
道.1〉兩首，〈鑽探人生.A〉、〈鑽探人生.B〉兩首，〈自由，行
不行〉與〈自由，行，不行〉等，這幾首皆是詩人在同一個主題下
作出不同角度的自我思辯，例如：

〈知道.1〉

知道知道我知道了，

我知道了我什麼都不知道！

（2016.06.14/15:20廣州黃埔開發區二小）

〈知道.2〉

知道，知道

我知道了，

我知道了，

我什麼都不知道！

（2016.06.14/15:20廣州黃埔開發區二小）

在詞性的變化、漢語的複義中，究竟是「知道」了，或是「不知道」？也許答案就在另一首〈知道和不知道〉裡：「當我什麼都不知道的時候，／我依然會用知道來安慰自己。」詩人說，這是一種「療癒」：「我用知道療癒不知道，／也用不知道療癒知道」，可不是嗎？我們不都是如此走過來、活著的嗎？我們真正知道或不知道些什麼呢？可是，卻從沒有人「發現」這種「知道」和「不知道」的心理機制，正是一種「療癒」。昆德拉曾說過：「如果詩人不去尋找『在那後面某個地方』的『詩』，而是『介入』到一個為人們早已熟知的真理（它自己站了出來，就『在那前面』）的服務中，那麼他就因此放棄了詩的自身使命。」我想，詩人的天職，就像這樣「通靈」似的，在媒合一個又一個有待發現的詩與真理吧。而這兩首詩，除了同題，又另有亮點：詩末所標記的詩成時間與地點完全重疊；不落言詮的，詩人僅以這樣的形式與內容，詩，具有同一時空的放射特性，即已全然的呈現了。

翻轉在「有與無」、「是與非」的辯證，也是煥彰先生經常書寫的語境，如集裡的〈笑與哭〉、〈睡與醒〉、〈空空空〉、〈請給一個答案〉、〈有與沒有〉等，都在顛覆著我們以往的成規：「該笑的時候，我會笑／該哭的時候，我不一定哭；／／哭與笑，也是另一種／笑與哭。」、「有與沒有，／我，一生都有。」對於沒有佛教信仰的詩人來說，這些彷彿有著禪味的詩句與其說是宗教的道悟，不如說是一種思維的解構來得貼切。「哭」即是「笑」，

「沒有」即「有」，這麼一體兩面、不著兩邊的既「是」且「不是」的弔詭與自由，主要當是來自詩人圓通的胸懷：既不自覺的作了此選擇，同時也完全尊重彼選擇。所以，當你想要跟他要個明確的回應時，他即在〈請給一個答案〉中告訴了你：「答案呀答案，／一個，兩個，三個……／／我早已丟光。」

除此之外，煥彰先生又提出了另一種辯證模式，即利用兩個不同的視角來呈現同一個情境，對照出兩番心境，如〈魚和鳥〉及〈鳥和魚〉中的鳥和魚，就分別透過這兩首詩來產生對話。鳥在〈魚和鳥〉中說：「我曾說過，我是海裡的鳥／妳是天上的魚；／我會常常想著妳。……」魚在〈鳥和魚〉中說：「我不曾忘記，你曾說過／我是天上的魚，／你是海裡的鳥；／我們永遠無法在一起。……」不執一端、互為主體的流動，再次應證了詩人的圓通，企圖拋棄單一的觀點──除了你自己，別人呢？他作何想？當然，這兩首詩還另有值得推敲的，「天上的魚」和「海裡的鳥」，詩人又再次解構了我們的成規，這裡的魚和鳥，兩個各自不得適所，或只是彼此幻想下的離實的個體，又談何容易在一起？詩末於是揭穿了這個本相：「本來就不應該我是魚你是鳥……」世間的矛盾，情愛的難解，何能一切盡如人意？然而，也許現實關照下的憐憫，也許人生歷程的應然，先生詩中的辯思，近來似多已歸向界線的破除，如〈魚和貓〉中的「你變成我，我變成你／我也不會老瞪著你」、〈在路上〉的「有風有雨，有陽光／有日夜／／有我和我的

影子和他們，／各自在心裡，溫暖著。」你我與物我之間，不再貓主宰了魚，不再是景物和影子陪伴著我，而是一種互為有無、共生共融的容通之心了。

　　以上所談及的，是這本集子裡最大宗的辯證思維，除了這些之外，還有許多提煉自日常生活的題材，例如〈茶‧想〉從茶味中體驗人生的甘與苦；〈茶‧泡〉從泡茶中體悟愛的溫度；〈茶‧夢〉從茶園中感悟夢的禁地，三首詩一氣讀來，有如品嘗了茶之三昧，啜之回甘。相較於茶，咖啡則要複雜得多了，在〈夢裡 夢外〉她像是位詩人苦苦等待的老友，在〈我喜歡，燙──給一杯咖啡〉中，她又像是個麻煩卻讓人戒不掉的情人。呵，物與情之間，你能說它沒有條祕密通道？而這道祕徑，端賴詩人的繆思來為我們探掘了。

　　詩趣之外，煥彰先生的生肖畫也是一絕，簡單的墨色、樸實的線條，勾畫的是形態與神韻之間的意象。林氏畫風與林氏小詩一樣，沒有華麗的艷彩和多餘的描繪，墨筆一勁刷開，雄雞展翅的羽端便隨風颯颯揚起；墨色一捺暈染，毛絨絨的小雞仔便搖搖擺擺的啄起米來了。詩是詩人氣質的展現，畫又何嘗不是？不多修飾的豪爽筆觸，不經混調的乾脆用色，完全是先生為人的風格。然後，你也很難想像，同樣一種雞禽，在他的筆下竟能變化出千百種的姿態和神情來；儘管我已見識過去年的「千猴圖」了，但今年這一隻隻風情萬變的大小公母雞兒，依然令我驚艷！

　　序言，實在不該說得太多，如同看電影一樣，很怕先看完「口碑場」的人，滔滔不絕地把故事全說光，那就要惹人厭了。所以，其他還有許多人物、地景的記寫、抒情小寫，以及彩筆下的群雞樣貌，就留給各位自己慢慢品味吧。總之，煥彰先生的創作之多之豐，是難以簡言之的，而這，完全來自於他不斷要超越自我的動力。就像他為恩師所悼寫的〈獨步一世紀的那匹昂揚的狼〉，寫出了紀弦那不畏開創現代詩新局的曠野獨步，應證了布魯姆所說的「詩人中的強者」形象；而同樣寫詩寫了一輩子的煥彰先生，無疑師承了那份為詩鍥而不捨的精神。在當今早已百花齊放、眾聲喧嘩的詩壇，詩人雖已無需要再爭強什麼，但先生仍有他所想要超越的「前人」——以往的自己，他曾說過：「很多人偏愛我以前寫的詩，但我必須尋求一條更寬廣的道路。……無論如何困難，希望有

所改變。」正是這樣的生命態度，造就了這一位永遠向前邁進，並將雙手昂揚平伸，不讓歲月扯住步伐的詩人，就像〈人〉中之人，從來不曾渺小：

再怎麼累，也得把兩隻腳站穩
我是我自己的主人；

我，不必聽誰指揮；該走出去的時候，
就大步邁開，如果我能把雙手平伸
你知道吧！我就不再渺小。

（2016秋末　寫於台南）

CONTENTS

卷二　非詩

卷三　亦詩

卷一

小詩

該笑的時候，我會笑／該哭的時候，我不一定哭；

笑與哭

該笑的時候，我會笑
該哭的時候，我不一定哭；

哭與笑，也是另一種
笑與哭。

（2016.02.23／11:55去羅東首都客運上）

睡與醒

睡的時候，我活著
醒的時候，我也活著；

不睡不醒時，也是
另一種活。

（2016.02.23／13:06羅東芊田餐廳）

空空空
──畫罷四幅水墨猴，悟得四句

空空空，人世皆空；
悟聖非凡，空空空。

空即不空，也空也；
吾空汝空，伊也空……

（2016.02.18／08:01研究苑）

雞雛之啼也不能算呌雞。

請給一個答案

滴水穿石，為什麼？
滾石不生苔，為什麼？
海枯石爛，為什麼？

答案呀答案，
一個，兩個，三個……

我早已丟光。

（2016.03.22／04:09研究苑）

行走札記.1

今天，我在九份；一份也沒有！

小小的九份，在遊客
好奇堆疊的心中；

我的九份，小小的在過去
不屬於現在，不屬於遊客，

屬於我的，不再孤獨寧靜……

（2016.03.22／04:09研究苑）

行走札記.2

雨天，九份的美，在霧裡
也在霧外；霧散了，霧又瀰漫
在霧裡，太陽迷路了

我離開時，它已封城，
我把朋友留下
交給時間，玩他們的捉迷藏

（2016.03.16／午後九份）

行走札記.3

小雨不小，春雷在雨中悶響

北上南下，柵欄放下
放下身段，
放下不能放下，的，都放下

九份的美，一直留在雨中

（2016.03.20／16:13金石堂城中店）

有與沒有

有，有有的煩惱
沒有，有沒有的煩惱；

有，如何才算有？
沒有，什麼樣才是沒有？

有與沒有，
我，一生都有。

（2016.03.24／15:50捷運板橋回南港）

琴，二胡傷心

二胡拉著天地，拉著
風雨；每一根弦都拉傷了
我的心，我彎著腰弓著身

不只傷心，也傷天地
傷著父母又傷著別人……

我是負心的人，彎著腰弓著身

（2016.04.02／清晨　研究苑）

路邊，一顆石頭

一顆石頭，不知他在想什麼

麻雀跳跳跳，他沒有理牠
我走過，一個下午
來回；他也沒有理我

白天，晚上；大概都是這樣……

（2016.04.02／14:20公車上）

真・愛

一生一世，不必太長
只要此刻當下；

一個人一顆心，小小小小
可以帶著妳，
走進來生來世，
再走遍天下……

（2016.04.08／23:12研究苑）

友鶏有愛

睡了的夜晚

夜晚睡了，我們醒著；
靜靜的，我們陪著星星
星星陪著月亮，
月亮和星星陪著我們，
我們靜靜恬恬的陪著，
睡著了的夜晚……

（2016.04.15／23:29廈門）

想她

想她的時候，就想她吧！

一顆巧克力，
一顆酸梅，
一顆橄欖……

一生總有這些那些，
五味雜陳，一起呈現！

（2016.04.16／17:39廈門同安去漳州途中）

一個人的家

我回家了！
回到一個人的家；

鐘擺停了，時間還在
家，還在；人，不在！

一個人的家，走到哪兒
那兒就是家。

（2016.05.01／17:20永和義聚東吃水餃／
08.10《聯副》刊載）

春天的尾巴
──給青島

琴島的春天，她霸佔夏天
讓夏天和秋天
共用一個季節；

你知道吧，她有根長長的尾巴
讓櫻花桃花環繞整座島，
緊緊拉住她……

（2016.05.04／22:16研究苑）

紅的，給嶗山櫻桃

要心跳，才能接近；
不！要親近，要親嘴，要有耐心

從小小的小白花兒，
從綠綠的小小的，小不點兒——

春天，她到底給了妳什麼？
噢！這是天地日夜的祕密。

（2016.05.08／12:06母親節／研究苑）

茶・想

茶苦，茶甘；
人生不都這樣？

一心二葉，想想

想想夜裡山澗起霧，
潺潺曲折流殤……

（2016.05.16／02:50漳州賓館305初稿）

我們家六口，你看到幾個？

2016.4.17

茶・泡

愛要幾度，全身才開？

沸，要忍
燙，忍無可忍
也得忍

一葉葉舒開⋯⋯

（2016.05.16／13:41福建雲霄縣將軍山公園）

茶・夢

兩山之間，總得有塊禁地
小小再小都無妨；讓她作夢？

霧有，有霧，半睡半醒
或不醒不睡，夜夜如此
成為她的夢；

青青葉葉，採之何忍？

（2016.05.17／06:00漳州賓館305）

在路上.1

縱使我孤獨一個人，在路上
我也不孤單

有風有雨，有陽光
有日夜

有我和我的影子和他們，
各自在心裡，溫暖著。

（2016.05.26／19:32在捷運公館站）

在路上.2

縱使我孤獨一個人，我也不是
一個人
在路上，有很多你我他

我們都向前走，一點也不孤單

有花草樹木有鳥蟲魚蝦，我們都有
各自的朋友，在彼此心中

（2016.05.26／20:12捷運市府站）

知道.1

知道知道我知道了，
我知道了我什麼都不知道！

（2016.06.14／15:20廣州黃埔開發區二小）

知道.2

知道，知道
我知道了，

我知道了，
我什麼都不知道！

（2016.06.14／15:20廣州黃埔開發區二小）

知道和不知道

我用知道療癒不知道，
也用不知道療癒知道；

知道和不知道，
他們常在一起；

當我什麼都不知道的時候，
我依然會用知道來安慰自己。

（2016.06.24／18:11捷運忠孝新生站）

鑽探人生.A

從不知道到知道，
或從知道到不知道，又或回到

從不知道到知道，生生世世
都如蚯蚓，世世代代都在
不見光影的地底裡，
鑽探人生，無從理解的困境。

（2016.06.25／13:31捷運國父紀念館站）

比太陽早起者，天下唯此鐵公雞。

2016.04.23

鑽探人生.B

從知道到不知道，
或從不知道到知道，或又回頭

從知道到不知道，我始終如一
如蚯蚓世世代代，
在不見光影的地底裡，
鑽探人生的道理。

（2016.06.25／13:38捷運國父紀念館站）

偶拾・在空中

雲山雲海雲的波浪
雲朵雲絮雲的棉花
雲龍雲虎雲的怪獸
雲南雲北雲的東西
雲上雲下雲的不上不下
我在雲中從天空回到地上

（20116.06.15／17:51海南航空飛回台灣途中）

請給我一片天空
──寫馬祖南竿牛角村

請給我一片天空。一片藍
請給我一面墻，一面亂石砌成的
花崗石牆

請給我一個轉角，一個背後還有一個
妳在那裡等我；我們在牛角聚落，玩

玩，我們從童年要回來的捉迷藏……

（2016.07.08／18:48研究苑）

我先醒來，太陽才醒來。

自由，行不行

行不行，都可以自由行；

自由，全世界通行
我主張一個人自己走，
可以東張西望，可以
閉上眼睛，神遊在自己的宇宙裡

日月星辰，運轉不息……

（2016.06.30／18:16回山區的社巴上）

自由，行，不行

行，不行，都要走出去

跟自己的影子，一起出走
算是一種自由。

自由，自以為是
就是自由；影子陪伴你，
永遠自由，不再羈絆

（2016.07.14／18:48捷運車過國父紀念館）

風言瘋語

遼闊的海洋，日夜波動
高山峻嶺，疊疊重重
它們要說什麼

風，一路走過
樹的每片葉子，都樹起耳朵

它們都聽懂了，不必翻譯

（2016.07.12／23:30研究苑）

只要美·大限·
「露出芽义波漢滦」

2016.09.22

滾燙的鄉愁

火燒火旺，天上的雲彩
也能把海煮開；

我想念的龜山島啊，
您是我童年的遙望，安座在我心中
收集我的淚，我的
滾燙的鄉愁！

（2016.09.15／10:11中秋
在進城去善導寺祭祖的社巴上）

浪花與海

海，是藍的
浪花，不一定
藍給他看；

她，有她自己的
想法，要給自己
純潔的顏色。

（2016.09.19／10:11
去三峽插角藝術工作室路上）

給自己機會，

雞也能像孔雀開屏。

人

再怎麼累，也得把兩隻腳站穩
我是我自己的主人；

我，不必聽誰指揮；該走出去的時候，
就大步邁開，如果我能把雙手平伸
你知道吧！我就不再渺小。

（2016.10.03／19:09　回家的社巴上）

卷二

非詩

我曾說過，我是海裡的鳥／妳是天上的魚；我會常常想著妳。

魚和鳥

我曾說過，我是海裡的鳥
妳是天上的魚；
我會常常想著妳。

魚離開水，會怎樣？
鳥沒有天空，會怎麼樣？
我們從來沒有這樣那樣想過這樣的問題。

現在想，想想，最重要的還是
我會想妳，妳會想我，最重要……

（2016.04.27／15:22
青島嶗山東海朴宿微瀾山居／聞香B）

鳥和魚

我不曾忘記，你曾說過
我是天上的魚，
你是海裡的鳥；
我們永遠無法在一起。

魚，怎能沒有大海？
鳥，豈可沒有天空？

我們從來沒有這樣那樣想過嗎？
不是現在想想，不是重要不重要
本來就不應該我是魚你是鳥……

（2016.04.28／06:23青島嶗山東海朴宿微瀾山居／聞香B）

魚和貓

魚對貓說：我們可以當朋友。
我們可以改變關係；

有關係，沒關係
就要找關係。哪天，
你變成我，我變成你
我也不會老瞪著你；

現在，我要回家了
回到有水的地方，那叫
大海……

（2016.05.11／08:17去桃園機場路上）

週轉

週轉，怎麼轉才能有
360度的翻轉？

高利貸週轉的旋渦，
是恐怖無底洞的翻轉；

綠油油的一片稻田，
是真相還是假相？

有多少人需要？週轉，
等待翻轉？

（2016.05.27／14:06初稿於便利商店）

附註：有天午後，在我家鄉礁溪一個可愛的小農村，叫武暖，在她的一座土地
　　　公廟前，我看到三叉路口的電線桿旁邊，停放一輛報廢的腳踏車，它
　　　的把手懸掛著斗大「週轉」兩字，感到心痛，不禁為淳樸的農村寫下這
　　　首詩！

夢拉開的

想不透的眼前這圓形石壁，
與乾坤天地宇宙有關，與我何干
那渺小的我，他要我承擔什麼？

日月陰晴圓缺，喜怒哀樂都在
風雨中；
這夜裡的安靜，我是不存在的

我只存在於自己的冥想中，
進出穿梭
那圓洞裡，洞裡洞外的時空……

（2016.09.09／08:11研究苑）

釋放天空

湖，囚禁天空
記錄一幕幕心事；

雲，飛過湖面
鳥，飛過湖面
風，拂動心弦

草原遼闊
馬羊湖畔，綠色
草原
自由寧靜……

（2016.10.02／09:27
由烏山頭北上高速公路嘉南路段）

卷三

亦詩

我將無葬身之地，我希望／我能擁有一棵自己種的／樹。

讀他一生

我將無葬身之地，我希望
我能擁有一棵自己種的
樹。

國家有很多荒廢的土地，
請政府捐出一塊地，最好是
一座獨立的山
給每位詩人、文學家，
音樂家、藝術家、科學家
讓他們為自己種一棵
樹。

這棵樹，它會長大——
長大以後，它會成蔭；
這個種樹的人，
他會老，老了以後
他會化成灰，可以埋在這棵大樹底下

讓它繼續長大，繼續
長高

高到鳥兒樂意飛來棲息，
高到雲可以飄來掛單，
高到風願意來駐足，
高到每一個子孫都可以站在大樹底下，
抬頭仰望
仰著脖子看它，
也看藍天白雲，也看
星星月亮和太陽；讀它綠色的生命
讀他，向上的一生……

（2016.10.01整理十年前舊作）

我喜歡，燙
——給一杯咖啡

咖啡杯沿，有一定溫潤
給一杯咖啡，也給一份愛；

喝咖啡時，我喜歡
燙，如親吻；不宜太深，
只一小口，唇剛碰到杯沿
就輕啜一下；怕燙傷，
就輕輕放回淺碟中，恭敬的
再將剛沾唇的那一點點泡沫
含在口中，讓香醇的咖啡因
在整個腦海深處，
漫漫擴散，迴盪……

不急。我知道
必須有一定敬意，我喜歡
燙嘴，但不燙傷
不能傷嘴，更不能傷心

只能慢慢，親她的苦，
親她的微甘微苦；我會記得
她的好她的壞，有時
她讓我該睡而不能睡，
有時，她讓我振作

她，慢慢降溫，也慢慢變涼
我一樣，不急，不急著喝完她
情未了，不一定情深
情斷不了，不一定深情
慢慢，讓她涼；慢慢，
我在回苦，她在回甘
我含在心裡
微苦微甘微苦……

（2015.02.09／17:32胡思二手書店.公館店／
中時人間副刊刊載／2015飲食文選選刊）

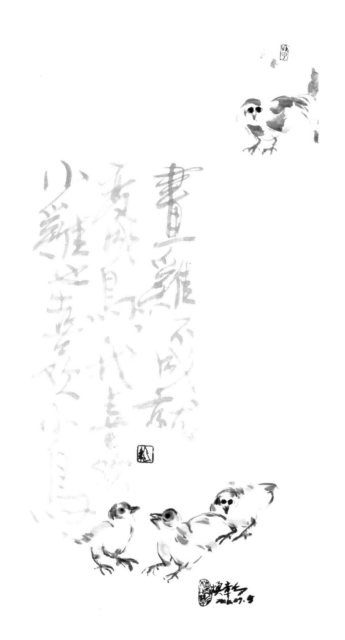

畫雞不成反

友欲見公之

小雞之生態效果佳

夢裡　夢外

我在等一杯咖啡，在夢裡
它一下就來了。

夢外，我在等一位
五十年前的
老友；她，應該也老了

咖啡涼了，
咖啡冷了，
咖啡苦了……

我還不知道，她在哪裡？
她，來不來？

（2015.02.28／14:01
在捷運往公館途中／聯副刊載）

一雙鞋
——我和它，它是我的寶貝

一雙鞋，能走多少地方
不是它能走，而是它和我
一起走；也不是它和我就能走，
是我們一起搭飛機，
也一起乘船；

我們一起去過丹麥，
那是我們去過的，最遠的
地方；我看過安徒生，
也看過沒有穿衣服的國王，
在奧登塞市的小巷中
試穿新衣，……

我們還去過英國，到過倫敦
愛丁堡、劍橋和約克。當然，
我們也沒有錯過，去史特拉福
和莎士比亞，握握手；

能去的地方，還真多！
就說說近的，我常常去的
韓國、泰國，還有馬來西亞
印度尼西亞，香港和中國……

日本是少去的，但也已經去過
還可再去；
至於美國、加拿大呢
也去過，不過就只有那麼一回
當然，也還是可以一去再去……

一雙鞋，能走多遠
我能走多遠？一開始我們就是
難兄難弟，
我走多遠，它就陪我走多遠；

當然，我們還可以搭飛機，
就是不搭飛機，也可以搭車
公車、火車、捷運、地鐵、高鐵
來來去去，就在島內
也可以一去就好幾百公里；

我，常常周遊列國，
來來去去；你說，
要走多遠就走多遠……
我和我的鞋，我們要
一直一起走下去；

它不嫌我，我也不嫌棄它
我們始終就是難兄難弟，
我非常敬愛它，
不論它是多少錢買的，

它，就是我的
心肝寶貝 ……

（2015.03.01／13:28
研究苑／《未來少年》刊載）

木棉花開的城市

木棉花開的城市，我在路上；

春天，花開
夏天，花也開
日，我在走
月，我也在走
我在走，我走在自己坦蕩的心上

木棉花的每朵琉璃杯
斟滿初夏的陽光，高高舉杯
日月光華
我在路上，我抬頭仰望

木棉花開的城市
城市，天空
天空，有雲
天空，有鳥

我的眼裡，有天空有雲有鳥

有風

有我，不確定的行程明天會看到的我──

我，仍在路上

不確定的行程，仍有過去──

我，不確定的明天

以及昨日

錯過的步履，碎碎的跫音

錯過的未來

早安，木棉花開的城市

我將再次快樂啟程

（2015.04.21／07:54研究苑／04.23,14:53
台北富德春季拍賣會中修訂／聯副刊載）

公雞母雞 說來說去，

海的耳朵

　　　　年輕時讀法國詩人高克多的詩，
　　　　他說：貝殼是海的耳朵……

海有耳朵，專收集人類苦難的心聲
從盤古到現在，每一分每一秒
都不曾停息過；
因為世間的苦難太多，
多如沙灘上的沙子和天上繁星……

年輕時，我不懂事
常到沙灘撿拾貝殼；邊撿邊丟！
以為它們只是死去的貝類
無用的軀殼，
要或不要，都在舉手投足之間

潮起潮落，海依然日夜用心
收集人間悲苦；

現在，沙灘上再也找不到貝殼了
億萬年來，海收集的苦難之聲
——化為泡沫，啵啵啵
啵啵啵
嘆息回應……

（2015.05.09／19:53初稿　三總公車站／
05.16 03:12修訂／聯副刊載）

第二個媽媽

小雞母雞對話

小雞說：蛋～是我

的媽～）母雞說：

不對不對！我才是

你媽～）我先生蛋～）

再把蛋～孵成小雞、

小雞又繼續說：

那蛋～就是我的

第一個　媽～）

那你～就是我的

卷四

懷念的

最近我才懂得／半半就好；其實，……

半半哲學
——紀念于右任一百三十歲誕辰

最近，我才懂得
半半就好；
其實，一百三十歲的右老
年輕時就懂得了！

半半就好，人生不必太多
右老創立粥會
提倡喝粥，是半半哲學
在生活中實踐。

一碗乾飯，
一個人吃都不夠；
其他的人
怎麼辦？

乾飯加水，可以煮成粥
一碗乾飯

可以煮成一大鍋；有了粥
大家都不必挨餓。

（2009.03.28／11:50研究苑）

所以，
每天天亮
都要蘆蘆蘆蘆
總是把他
叫醒……

公雞說

你知道嗎，誰叫太陽早起？

媽媽常這樣問我，我怎麼

就知道，當是我付出辛勞早

起呀！要不誰能把他從

小的此月後叫起來？不，後

來我發現了，太陽是從

海裡冒出來的，海有一床

藍綠絨做的被，他每

因為⋯⋯不⋯⋯學

131

獨步一世紀的那匹昂揚的狼
——敬悼台灣現代詩壇盟主
詩人　紀弦恩師

我看到一棵檳榔樹，
從台灣詩壇的地平線
漫步走來；右手拿著拐杖，
左手握著煙斗

這個人，不是因為年紀大
也不因為他有什麼煙癮；
而是因為他要向全世界的人
宣誓：

台灣的新詩，要改革！
台灣的新詩，該現代化！

他，嘴裡堅定的咬著煙斗
最得意的是——
他主張：橫的移植，

要讓西方的煙士披利什，從他的煙斗裡
冉冉上升；
升起現代派的香火！

這是我年輕的時候就開始迷戀他的
一張自畫像，
他用兩個阿拉伯數字，很簡單的線條
畫出來
那就是：7加6

7，是他的拐杖
6，是他的煙斗
從年輕開始，這就成了他的一生的
作為詩人的註冊商標；
隨著他的詩，縱橫通行整個世界的現代詩壇；

一甲子過去了，

從來也沒人敢造假冒牌，剽竊他──

其實，他還不只是一棵檳榔樹

也不只是7加6；

那張年輕時瘦長的臉龐，雙眼炯炯有神的自畫像

以及更難能可貴的是，讓人印象最深刻的仍然是

獨步曠野──

會大聲嗥叫，而仰天長嘯

能令人顫慄淒厲已極，那匹昂揚的

狼！

（2013.08.12／20:28研究苑）

夢回孤獨國
──敬悼詩人　周公夢蝶

不能說，不可說
都在夢中說了
我在夢中夢見周公；
蝶，非蝶
他，非他
他在孤獨國的孤峰頂上，曬一株
不被僵凍的還魂草……

不可說，不必說
我在夢中夢見周公；
蝶，非夢
他，即他
他坐在武昌街口，明星咖啡屋廊下
書架靠在水泥柱，他靠著書架；
這樣的孤獨國怎不孤獨？

不必說，不消說

他說佛說，八荒雲遊說法去了

還魂不還魂，我總不得其門而入

他冷冷的說，冷冷的瞪視我

找管管，找沙牧⋯⋯

他又還魂

回到了夢的孤獨國。

（2014.05.01深夜起草，次日清晨完稿.研究苑）

濃縮的苦
——致大姊

媽媽百歲走了，一路可好？
媽媽不在，大姊就是媽媽；
大姊八十六，八月六日病逝
我再也沒有媽媽！

說童年苦，早在地瓜園裡消失
那時，大姊常常帶著我
在別人家採收後的花生園裡，
挖被遺漏的土豆，那叫
落花生；沒採收乾淨的，
會藏在地底裡，雨後冒芽
探出頭來，
姊姊會告訴我，土豆就藏在那裡

長大以後，我懂了
我們沒有家產，沒有關係
土地還是會照顧我們，

不用偷，不用搶──
志氣最重要；從小大姊就這樣
教導我，我也一生都這樣做

吃過的苦，不比苦瓜黃蓮少
苦吃多了，就不再苦
現在，什麼苦都在回甘
唯一比以前種種還要苦的苦，
是沒有了媽媽，也沒有了大姊
她們都成了苦瓜黃蓮提煉的
一口濃茶……

（2016.09.06／11:16去天母的645公車上）

感謝，由衷感謝
——《先雞‧漫啼‧大吉》編校想起

林煥彰

感謝，新加坡詩人卡夫、臺灣年輕詩學者陳燕玲，撥冗撰寫推薦序。

詩，一定要寫；不能停下來。

近年，很多詩作，我都在路上寫；有時在公車上，有時在客運上，有時在捷運上、高鐵上，甚至飛機上；寫，寫，寫，想到就寫；寫比發表重要。有的已經發表，有的未發表；發表了，有的有註明刊載媒體，有的未註明，有的也忘了加註，都不重要；重要的，應該是每一首詩，我都記下了寫作日期、時間、地點……為什麼？為便於日後自己知道是如何、在哪兒寫下這些東西；如此而已。其實，也是我多年來的習慣！

從二十歲開始，不算年輕的時候，我已開始學習寫詩、畫畫，算來將近一甲子，詩已是我生命中的一大部分；我覺得我這樣的人生，很好；好在哪裡？好在我每寫一首詩，都在學習思考我的人生，學習我該如何「放下」，放下心中太多的困惑；包括：我為什

麼要寫詩，我為何能寫詩？⋯⋯人生苦短，要有所堅持，有所執著，但「放下」才是最重要，否則太多慾望，太多不滿，太多的苦都堆疊在心上，小小的一顆心，如何承載得了？

　　人生是悲苦的，我已接近八旬，我已悟得了，是因為酸甜苦辣，我已都嘗過！

　　從2012年起，蛇年我畫蛇，我悟得了：「人生總在曲直中前進。」然後，我每年都畫生肖畫；馬年，我畫馬；羊年，我畫羊；猴年，我畫猴；雞年未到，我早已畫了很多雞，足以開一家養雞場。

　　從羊年開始，我出版《吉羊・真心・祝福》；猴年，我出版《千猴・沒大・沒小》；現在，雞年尚早，秀威資訊又鼓勵我，要提早替我出版《先雞・漫啼・大吉》，這是很大的鼓勵；有了這樣的鼓勵，往後自己也要繼續維持每年畫一種生肖，並要積極規劃出版，對個人的晚年來說，是很有意義的；同時，我更要堅持，憑這股精神、一定要出齊十二種生肖詩畫集，給自己機會，勉勵自己，期許自己。為了實現這份想望，在此，我得先謝天謝地保佑，也應該感謝長久以來幫助我、關注我、照顧我、鼓勵我、協助我完成這件事的朋友們，由衷感謝。

　　　　　　　　　　　　　　　　（2016.11.07/06:40研究苑）

閱讀大詩38　PG1707

 先雞・漫啼・大吉
　　　——林煥彰詩畫集

作　　者	林煥彰
責任編輯	盧羿珊
圖文排版	楊家齊
封面設計	葉力安

出版策劃	釀出版
製作發行	秀威資訊科技股份有限公司
	114 台北市內湖區瑞光路76巷65號1樓
	電話：+886-2-2796-3638　傳真：+886-2-2796-1377
	服務信箱：service@showwe.com.tw
	http://www.showwe.com.tw
郵政劃撥	19563868　戶名：秀威資訊科技股份有限公司
展售門市	國家書店【松江門市】
	104 台北市中山區松江路209號1樓
	電話：+886-2-2518-0207　傳真：+886-2-2518-0778
網路訂購	秀威網路書店：http://www.bodbooks.com.tw
	國家網路書店：http://www.govbooks.com.tw
法律顧問	毛國樑　律師
總 經 銷	聯合發行股份有限公司
	231新北市新店區寶橋路235巷6弄6號4F
	電話：+886-2-2917-8022　傳真：+886-2-2915-6275

| 出版日期 | 2017年1月　BOD一版 |
| 定　　價 | 300元 |

國家圖書館出版品預行編目

先雞.漫啼.大吉：林煥彰詩畫集 / 林煥彰作. --
一版. -- 臺北市：釀出版, 2017.01
　　面；　公分. -- (閱讀大詩；38)
　　BOD版
　　ISBN 978-986-445-168-5(平裝)

851.486　　　　　　　　　　　105021268

讀 者 回 函 卡

感謝您購買本書，為提升服務品質，請填妥以下資料，將讀者回函卡直接寄回或傳真本公司，收到您的寶貴意見後，我們會收藏記錄及檢討，謝謝！
如您需要了解本公司最新出版書目、購書優惠或企劃活動，歡迎您上網查詢或下載相關資料：http:// www.showwe.com.tw

您購買的書名：_____

出生日期：_____年_____月_____日

學歷：□高中 (含) 以下　　□大專　　□研究所 (含) 以上

職業：□製造業　□金融業　□資訊業　□軍警　□傳播業　□自由業
　　　□服務業　□公務員　□教職　　□學生　□家管　　□其它_____

購書地點：□網路書店　□實體書店　□書展　□郵購　□贈閱　□其他

您從何得知本書的消息？

　□網路書店　□實體書店　□網路搜尋　□電子報　□書訊　□雜誌
　□傳播媒體　□親友推薦　□網站推薦　□部落格　□其他_____

您對本書的評價：（請填代號　1.非常滿意　2.滿意　3.尚可　4.再改進）

　封面設計____　版面編排____　內容____　文／譯筆____　價格____

讀完書後您覺得：

　□很有收穫　□有收穫　□收穫不多　□沒收穫

對我們的建議：_____

_____

_____

_____

11466

台北市內湖區瑞光路 76 巷 65 號 1 樓

秀威資訊科技股份有限公司　　　　收

BOD 數位出版事業部

....

（請沿線對折寄回，謝謝！）

姓　　名：＿＿＿＿＿＿＿＿＿　年齡：＿＿＿＿　性別：□女　□男

郵遞區號：□□□□□

地　　址：＿＿＿＿＿＿＿＿＿＿＿＿＿＿＿＿＿＿＿＿

聯絡電話：(日) ＿＿＿＿＿＿＿＿＿＿＿　(夜) ＿＿＿＿＿＿＿＿＿＿＿

E - m a i l：＿＿＿＿＿＿＿＿＿＿＿＿＿＿＿＿＿＿＿